Portrait of Joachim Ringelnatz in the Westend Clause, Berlin
Photo: David Conlin

The *Ringelnatz Corner* in the Westend Clause
Photo: David Conlin

David Conlin

Rendezvous with Ringelnatz

A first German/English anthology of 80 of my favourite verses

Other interpretations of German lyrics by David Conlin

Interpretations I … my translations/interpretations of German Poets and Humourists

Interpretations II … more translations/interpretations of German Poets and Humourists

FOREWORD

I have lived for more than 40 years in Berlin-Westend, a long stone's throw from Sachsenplatz (now Brixplatz), where Joachim Ringelnatz spent his last four years before his untimely death from tuberculosis. I also occasionally frequent his local pub, the Westend Klause, where he used to compose his verse and hang out with, amongst others, the German actor and singer Hans Albers and the Hertha BSC captain Johannes 'Hanne' Sobek.

I approach the translation of Ringelnatz's verses with a mixture of respect, curiosity and the desire to have some fun! And I do have fun with his poetry.

Translating rhyming verse into rhyme in another language is a challenge. Fortunately, German and English have the same roots and often a plethora of words with the same or close meaning.

Joachim Ringelnatz is unpredictable in his choice of subject, rhyme and technique. In his case, therefore, the word *interpretation* is most appropriate. Ringelnatz is infectious. Forgive me if I have sometimes taken it too far. But I am sure I have kept to the spirit of his verses.

I have allocated the poems to categories. But Ringelnatz's verse is often so versatile that these are interchangeable.

VORWORT

Seit mehr als 40 Jahren lebe ich in Berlin-Westend, nur einen Steinwurf vom Sachsenplatz (heute Brixplatz) entfernt, wo Joachim Ringelnatz seine letzten vier Jahre vor seinem frühen Tod an Tuberkulose verbrachte. Gelegentlich besuche ich auch seine Stammkneipe, die Westend Klause, in der er seine Verse verfasste und unter anderem mit dem deutschen Schauspieler und Sänger Hans Albers und dem Kapitän von Hertha BSC, Johannes 'Hanne' Sobek, abhing.

Ich gehe an die Übersetzung von Ringelnatz' Versen mit einer Mischung aus Respekt, Neugierde und dem Wunsch, Spaß zu haben! Und ich habe Spaß an seiner Poesie.

Es ist eine Herausforderung, gereimte Verse in einer anderen Sprache in Reimform zu übersetzen. Zum Glück haben das Deutsche und das Englische die gleichen Wurzeln und oft eine Fülle von Wörtern mit der gleichen oder einer ähnlichen Bedeutung.

Joachim Ringelnatz ist unberechenbar in der Wahl seines Themas, seines Reims und seiner Technik. In seinem Fall ist daher das Wort *Interpretation* am besten geeignet. Verzeihen Sie mir, wenn ich es manchmal zu weit getrieben habe. Ringelnatz ist ansteckend. Aber ich bin sicher, dass ich mich an den Geist seiner Verse gehalten habe.

Ich habe die Gedichte in Kategorien eingeteilt. Aber Ringelnatz' Verse sind oft so vielseitig, dass sie austauschbar sind.

Tierische Verse - Animalistic Verses

Zwei Ameisen

In Hamburg lebten zwei Ameisen,
Die wollten nach Australien reisen.
Bei Altona auf der Chaussee,
Da taten ihnen die Beine weh,
Und da verzichteten sie weise
Dann auf den letzten Teil der Reise.

So will man oft und kann doch nicht
Und leistet dann recht gern Verzicht.

Two Ants

Two ants set out from Hamburg cause
they aimed to immigrate to Oz.
As soon as they arrived downtown,
their legs began to let them down.
And as their goal was much too far,
they headed for the nearest bar.

We often want but don't see through
and finish things we've planned to do!

Es bildete sich ein Gemisch

Von Stachelschwein und Tintenfisch.
Die Wissenschaft, die teilt es ein
In Stachelfisch und Tintenschwein.
Der Fisch bewohnt den Ozean.
Gefährlich ist es, ihm zu nahn.
Das Tintenschwein trifft man in Büchern,
An Fingerspitzen, Taschentüchern.
Es ist – das liegt ja auf der Hand –
Dem Igelschwein doch sehr verwandt.

Once a mix was generated

Once a mix was generated
of Porcupine and Octopus.
By science, it was allocated
to Octopine and Porcupus.
The fish lives in the ocean clear,
it's dangerous to get too near.
The Octopine one finds in books,
on fingertips and crochet hooks,
and is, as often stated,
to the Thickethog related.

Ohrwurm und Taube

Der Ohrwurm mochte die Taube nicht leiden.
Sie hasste den Ohrwurm ebenso.
Da trafen sich eines Tages die beiden
in einer Straßenbahn irgendwo.

Sie schüttelten sich erfreut die Hände
und lächelten liebenswürdig dabei
und sagten einander ganze Bände
von übertriebener Schmeichelei.

Doch beide wünschten sie sich im stillen,
der andre möge zum Teufel gehn,
und da es geschah nach ihrem Willen,
so gab es beim Teufel ein Wiedersehn.

Earworm and Dove

The Earworm couldn't stand the Dove,
the Dove felt much the same,
the two of them met up one day,
in the commuter train.

They greeted very pleasantly,
each one a diplomat,
displayed excessive flattery,
and had a lovely chat.

Quietly, each wished the other
straight down to hell would go,
and later - yes, you've guessed it,
they met up down below!

Großer Vogel

Die Nachtigall ward eingefangen,
Sang nimmer zwischen Käfigstangen.
Man drohte, kitzelte und lockte.
Gall sang nicht. Bis man die Verstockte
Im tiefsten Keller ohne Licht
Einsperrte. - Unbelauscht, allein
Dort, ohne Angst vor Widerhall,
Sang sie
Nicht - -,
Starb
ganz klein
Als Nachtigall.

Beautiful Bird

The Nightingale was entrapped - for rage,
it refused to sing inside its cage.
They'd threaten, tickle and torment.
Still did not sing. Till impenitent,
in deepest cellar without light
it was imprisoned day and night.
And there, with no echo at all,
it never
sang,
and perished -
small.
As Nightingale.

Ein Taschenkrebs und ein Känguruh

Ein Taschenkrebs und ein Känguruh,
Die wollten sich ehelichen.
Das Standesamt gab es nicht zu,
Weil beide einander nicht glichen.
Da riefen sie zornig: «Verflucht und verdammt
Sei dieser Bürokratismus!»
Und hingen sich auf vor dem Standesamt
An einem Türmechanismus.

An Edible Crab and a Kangaroo

An Edible Crab and a Kangaroo,
decided they would wed.
The registry office said, «Ballyhoo,
we don't want you in bed».
They cried, «Are we so different to people?
This is blatant discrimination»,
and then hanged themselves from the old church steeple,
a more than tragic situation.

Übergewicht

Es stand nach einem Schiffsuntergange
Eine Briefwaage auf dem Meeresgrund.
Ein Walfisch betrachtete sie bange,
Beroch sie dann lange,
Hielt sie für ungesund,
Ließ alle Achtung und Luft aus dem Leibe,
Senkte sich auf die Wiegescheibe
Und sah - nach unten schielend - verwundert:
Die Waage zeigte über Hundert.

Overweight

Following a terrible shipwreck
a letter scale lay on the sea bottom.
A sperm whale studied it on spec,
snuffled at it just to check,
decided it was rotten.
Leaving caution behind, remembering to exhale,
it sank down heavily on the scale,
and saw - squinting - to its surprise,
the scale now measured one hundred and five.

Ruhe

«Ruhe ist viel wert»,
Sagte das Nilpferd,
Und setzte sich in 'was Weiches.
Der Elefant tat ein Gleiches.

Peace and Quiet

«Peace and quiet are a must»,
said the Hippopotamus,
and in the mud settled his colossal frame.
The Elephant, without a thought, did the same.

Es war ein faules Krokodil

Es war ein faules Krokodil,
Das lag zwei Monate ganz still.
Dann schlief es sieben Jahre ein
Und schließlich schien es tot zu sein.

There was a very lazy Crocodile

There was a very lazy crocodile,
that laid extremely quiet for a while,
then slept for seven years in a creek bed -
at last we all concluded it was dead.

Die Fliege im Flugzeug

Ich war der einzige Passagier
Und hatte – nur zum Spaße –
Eine lebende Fliege bei mir
In einem Einmachglase.
Ich öffnete das Einmachglas.
Die Fliege schwirrte aus und saß
Plötzlich auf meiner Nase
Und rieb sich die Vorderpfoten.
Das verletzte mich.
Ich pustete. Sie setzte sich
Auf das Schildchen «Rauchen verboten.»
Ich sah: der Höhenzeiger wies
Auf tausend Meter. Ha! Ich stieß
Das Fenster auf und dachte
An Noahs Archentaube.
Die Fliege aber – ich glaube,
Sie lachte.
Und hängte sich an das Verdeck
Und klebte sehr viel Fliegendreck
Um sich herum, im Kreise,
Unmenschlicherweise.

The Fly in the Plane

The only passenger was I
and had, just for a laugh,
with me, a very lively fly
in a bottling glass.
I opened up the bottling glass,
the fly flew out at once, alas,
and landed on my nose,
rubbing its hairy toes.
That upset me, and in spite,
I huffed, and almost choking,
saw the fly at once alight
on the sign «No Smoking».
The indicator showed a height
of thousand metres, I thought, «right»
and, of Noah's Ark dove musing,
I unlocked the skylight.
The fly, however, I believe,
found it all quite amusing,
and hung on to the upper deck
fouling it with its flyspeck
in a circle round about it -
a barrier of insect s**t.

Und als es dann zur Landung ging,
Unser Propeller verstummte,
Da plusterte das Fliegending
Sich fröhlich auf und summte.
Gott weiß, was in mir vorging,
Als solches mir durchs Ohr ging.
Ich weiß nur noch, ich brummte
Was vor mich hin. So ungefähr:
Ach, dass ich eine Fliege wär.

And as we then came into land
the propellor cut out, and
puffing itself up, the fly
hummed a love song to the sky.
God knows what then went through my brain
as I heard the fly's refrain.
I only know I mumbled, «Why,
cannot I too, be a fly»?

Der Bandwurm

Es stand sehr schlimm um des Bandwurms Befinden.
Ihn juckte immer etwas hinten.
Dann konstatierte der Doktor Schmidt,
Nachdem er den Leib ihm aufgeschnitten,

Dass dieser Wurm an Würmern litt,
Die wiederum an Würmern litten –

The Tapeworm

The tapeworm wasn't feeling well,
his derrière, it itched like Hell.
Till Dr Smith's examination
revealed the following situation:

The worm was suffering from worms,
that also had worms in their turn.

Im Park

Ein ganz kleines Reh stand am ganz kleinen Baum
Still und verklärt wie im Traum.
Das war des Nachts elf Uhr zwei.
Und dann kam ich um vier
Morgens wieder vorbei,
Und da träumte noch immer das Tier.
Nun schlich ich mich leise - ich atmete kaum -
Gegen den Wind an den Baum,
Und gab dem Reh einen ganz kleinen Stips.
Und da war es aus Gips.

In the Park

A very small deer - stood near - a small hornbeam,
silent, transfigured, as in a dream.
That was at night, at quarter past ten.
At five in the morning, I came again
to try my luck.
He was still dreaming, the little buck.
I crept up quietly, not daring to breathe,
staying upwind from the tree by your leave,
and gave it a nudge, my heart beat faster.
And lo! It was made of plaster.

Personifizierung - Personification

Der Briefmark

Ein männlicher Briefmark erlebte
Was Schönes, bevor er klebte.
Er war von einer Prinzessin beleckt.
Da war die Liebe in ihm erweckt
Er wollte sie wieder küssen,
Da hat er verreisen müssen.
So liebte er sie vergebens.
Das ist die Tragik des Lebens!

The Postage Stamp

A masculine postage stamp tasted,
something pleasant, before he was pasted.
He was licked by a princess all over.
he thought he was really in clover,
and wanted to kiss her once more,
but travel was ever a chore.
So he loved her, sadly, in vain,
that's how life goes, tragic, a bane.

Es war eine gelbe Zitrone

Es war eine gelbe Zitrone,
Die lag unter einer Kanone,
Und deshalb bildete sie sich ein,
Eine Kanonenkugel zu sein.
Der Kanonier im ersten Glied,
Der merkte aber den Unterschied.
--
Bemerkt sei noch in diesem Lied,
Ein Unterschied ist kein Oberschied.

The Yellow Lemon

There was a yellow lemon,
it lay beneath a cannon,
and just because it there did fall,
it thought it was a cannonball.
The bombardier, he had more sense
and soon remarked the difference.
--
Please take note that in this rhyme
the difference will tell in time.

War einmal ein Schwefelholz

War einmal ein Schwefelholz,
Das sich mit erhab'nem Stolz
Einen Anarchisten nannte
Und ein ganzes Haus verbrannte.
Dieses war schon ungewöhnlich,
Doch es kannte auch persönlich
Meyers Taschenlexika,
Ganz speziell das Bändchen ‚A',
Weshalb es sich nach dem Brande
An besagtes Bändchen wandte
Mit den Worten: «Sag, was ist
Eigentlich ein Anarchist?»

There once was a Lucifer

There once was a lucifer, a match
that called itself with pride, forthright,
an anarchist, and set alight
a dwelling house, complete with thatch.
This may seem curious to you
but our match personally knew
Meyer's encyclopedia
and, best of all, the volume 'A',
so, after the combustion,
it asked the book a question,
and said the words, «Say what is
actually an anarchist?»

Arm Kräutchen

Ein Sauerampfer auf dem Damm
stand zwischen Bahngeleisen,
machte vor jedem D-Zug stramm,
sah viele Menschen reisen.

Und stand verstaubt und schluckte Qualm,
schwindsüchtig und verloren,
ein armes Kraut, ein schwacher Halm,
mit Augen, Herz und Ohren.

Sah Züge schwinden, Züge nahen.
Der arme Sauerampfer
sah Eisenbahn um Eisenbahn,
sah niemals einen Dampfer.

Poor Old Herb

A sorrel adjacent the railway ties
stood erect and proud beside the track,
saluted when the express passed by,
saw commuters travel there and back.

Enveloped in dust and choked with smoke,
it was tubercular and quite forlorn,
a poor old herb with a withered stalk
it wished that it had never been born.

Observed trains approach and trains depart,
diesel, electric, and others of note.
But the poor old sorrel took it to heart.
that it had never spotted a steamboat.

Ein Nagel saß in einem Stück Holz

Ein Nagel saß in einem Stück Holz,
der war auf seine Gattin sehr stolz.
Die trug eine goldene Haube
und war eine Messingschraube.
Sie war etwas locker und etwas verschraubt,
sowohl in der Liebe, als auch überhaupt.
Sie liebte ein Häkchen und traf sich mit ihm.
In einem Astloch, sie wurden intim.
Kurz, eines Tages entfernte sie sich,
und ließ den armen Nagel im Stich.
Der arme Nagel bog sich vor Schmerz,
Noch niemals hatte sein eisernes Herz
so bittere Leiden gekostet.
Bald war er beinahe verrostet.

Da aber kehrte sein früheres Glück,
die alte Schraube wieder zurück.
Sie glänzte über das ganze Gesicht,
ja, alte Liebe rostet nicht.

Nail and Screw

A nail sat in a piece of wood,
he loved his wife, and so he should.
A screw, she had a golden arse,
of course, as she was made of brass,
and somewhat loose she screwed around,
had lovers - one-night-stands abound.
She fancied a hook and made a date
in a knothole, they were intimate.
In short, one day, she left the nail,
he bowed in pain, to no avail.
The poor old nail was in the cart,
for never had his iron heart
so painfully adjusted.
Soon he was almost rusted.

But then his former luck returned;
in his old screw, the spark still burned.
She yielded to his sighs -
an old flame never dies.

Der Pflasterstein, der war einmal

Ein Pflasterstein, der war einmal
Und wurde viel beschritten.
Er schrie: «Ich bin ein Mineral
Und muss mir ein für allemal
Dergleichen streng verbitten!»

Jedoch den Menschen fiel's nicht ein
Mit ihm sich zu befassen,
Denn Pflasterstein bleibt Pflasterstein
Und muss sich treten lassen.

Once there was a Cobblestone

Once there was a cobblestone,
it was, of course, well-trodden.
It cried, «I am a mineral
and must insist, once and for all,
such acts should be forbidden»!

This wish the folk could not condone
«Such wishes are inopportune.
Cobblestone is cobblestone,
you must accept your fortune».

Die Schnupftabakdose

Es war eine Schnupftabakdose,
Die hatte Friedrich der Große
Sich selbst geschnitzelt aus Nussbaumholz.
Und darauf war sie natürlich stolz.

Da kam ein Holzwurm gekrochen.
Der hatte Nussbaum gerochen.
Die Dose erzählte ihm lang und breit
Von Friedrich dem Großen und seiner Zeit.

Sie nannte den alten Fritz generös.
Da aber wurde der Holzwurm nervös
Und sagte, indem er zu bohren begann:
«Was geht mich Friedrich der Große an!»

The Snuffbox

There once was a snuffbox ornate,
whittled by Frederick the Great
from a small piece of walnut wood,
and proud of itself - that was good.

A woodworm came creeping betimes,
from far, the walnut it had smelt.
The snuffbox retold at great length
of Frederick the Great and his times.

It extolled old Fred as generous,
which made the worm somewhat bilious,
and said 'ere it started exploring:
«I find your story rather boring».

Die Nagelfeile

Man stirbt hier vor Langeweile,
Dachte die Nagelfeile
Beim Mittagessen!
Und machte sich, wie von ungefähr,
Über den Fingernagel her,
Beim Mittagessen!
Da begann eine silberne Gabel zu schrein:
«Meine Dame – – Sie sind hier nicht allein!»

The Nail File

«It's boring here, meanwhile»,
complained the nail file -
at luncheon!
And, just like that, started filing
the nails - some call it styling -
at luncheon!
At once, a silver fork began to shout,
«Disgusting, milady – what's all that about»?

Das Nadelkissen

Das Nadelkissen bildete sich ein,
Mit dem Stachelschwein
Verwandt zu sein.
Das Nadelkissen
Ist, wie wir wissen,
Eine recht nützliche Erscheinung.
Natürlich sind wir ganz seiner Meinung.

The Pin Cushion

The pin cushion, feeling fine,
believed it was related (at one time),
to the spiky Porcupine.
The pin cushion
is, by our admission,
a quite useful phenomenon.
We agree entirely with its opinion.

Miliz

«Sie haben sich gestern schrecklich betragen!»
Wollte das Putzleder zur Trommel sagen.
Aber die Trommel spannte schnell
Ihr dickes Fell
Und begann einen donnernden Wirbel zu schlagen,
Na – und da blieb dem Putzleder vor Schrecken
Das Wort im Munde stecken.

Militia

«You behaved so disgracefully yesterday»
to the drum, the chammy intended to say.
But the side drum tightened
its skin in a flash,
and began a thunderous paradiddle to play
that the chammy leather was so frightened,
and was quite abashed.

Es waren einmal zwei Gummischuh

Es waren einmal zwei Gummischuh,
Die waren stehengelassen.
Ihr Herr, der suchte sie immerzu
Und konnte sie nirgend fassen.
Er suchte sie nah und suchte sie fern,
Er suchte sie vorne und hinten.
Und die Gummischuhe suchten den Herrn
Und konnten ihn nirgend finden.
Der Herr durchsuchte die ganze Welt;
Die Gummischuhe desgleichen
Und wenn die Sache so weitergeht,
So werden sie nie sich erreichen.

A Pair of Rubber Shoes

One time, a pair of rubber shoes
were left lying about somewhere.
The owner, he was quite confused,
he couldn't find them anywhere.
He sought them far, he sought them near,
his search it was of no avail,
the shoes sought him from there to here,
but their search likewise it did fail.
The man searched the world over
and the rubber shoes did too;
but they'll never get together,
the man and his left and right shoe.

Spielball

Es weint ein Kind.
Ein Luftballon mit dünnem Zopf
Und kleiner als des Kindes Kopf
Entflieht im Wind.

Und reist und steigt verwegen.
Ein Nebel wallt.
Ein Fehlschuss knallt.
Dann fällt ein sanfter Regen.

Rundrote Riesenbeere
Rollt müde und verschrumpft
In einem Wipfelmeere,
Hat austriumpht.

Witziger Kräherich
bringt seinem Bräutchen
ein hohles Häutchen,
die aber ärgert sich.

Plaything

I heard a little girl cry
as her balloon,
smaller than her head,
with a tattered thread,
flew up to the sky.

It travelled ever higher
lost in the mist.
Then a shot was heard,
not aimed at a bird -
the shooter hadn't missed.

The rose-red giant berry,
shrunken and small,
landed in a tree,
there for all to see,
like a monster cherry.

A clever carrion crow
brought his bride
a scrap of rubber
that made her blubber:
«You stupid so-and-so«!

Lampe und Spiegel

«Sie faule, verbummelte Schlampe!»
sagte der Spiegel zur Lampe.
«Sie altes, schmieriges Scherbenstück!»
gab die Lampe dem Spiegel zurück.

Der Spiegel in seiner Erbitterung
bekam einen ganz gewaltigen Sprung.
Der zornigen Lampe verging die Puste:
Sie fauchte, rauchte, schwelte und ruste.

Das Stubenmädchen ließ beide in Ruhe
und doch – man schob ihr die Schuld in die Schuhe.

Lamp and Mirror

«You lazy, misbegotten tramp»
exclaimed the mirror to the lamp
«Dear mirror, you can kiss my ass«,
the lamp said to the looking glass.

The mirror, wounded in its pride,
then broke in half, from side to side,
the lamp, in anger, rocked about,
it spluttered, guttered, and went out.

The chambermaid, Ann was her name,
in the end got all the blame.

Der Stein

Ein kleines Steinchen rollte munter
Von einem hohen Berg herunter.

Und als es durch den Schnee so rollte,
Ward es viel grösser als es wollte.

Da sprach der Stein mit stolzer Miene:
«Jetzt bin ich eine Schneelawine.»

Er riss im Rollen noch ein Haus
Und sieben große Bäume aus.

Dann rollte er ins Meer hinein,
Und dort versank der kleine Stein.

The Stone

A tiny pebble, with some skill,
rolled down a steep and snowy hill.

And as it progressed down the brae,
it grew in substance on the way,

and thought, during its swift advance:
«Look, now I am an avalanche».

It smashed apart a house with ease,
as well as seven largish trees,

but then it rolled into the sea
and sank - the price of vanity.

Der Funke

Es war einmal ein kleiner Funke!
Das war ein großer Erzhalunke.
Er sprang vom Herd und wie zum Spaß
Gerade in ein Pulverfass.
Das Pulverfass, das knallte sehr;
Da kam sofort die Feuerwehr
Und spritzte dann mit Müh und Not
Das Feuer und das Fünkchen tot.

The Spark

There was once a little spark
who loved to do things for a lark.
From the stove, it jumped on spec
and sprang into a powder keg.
The gunpowder exploded – BOOM!!
The firemen came late afternoon,
and, hosing down, with much ado,
put out the blaze - and the spark too.

Bumerang

War einmal ein Bumerang;
War ein Weniges zu lang.
Bumerang flog ein Stück,
Aber kam nicht mehr zurück.
Publikum – noch stundenlang –
Wartete auf Bumerang.

Boomerang

Once there was a boomerang,
but it was a bit too long.
The boomerang it flew away
and cancelled its return today.
The public stood there in a gang,
waiting for that boomerang.

Es lebte an diskretem Orte

Es lebte an diskretem Orte
Ein Stückchen Seife bester Sorte
In einem Porzellanbehälter.
Das ward mit jedem Tage älter.

Und warb mit Moschusochsendunst
Um Menschenliebe, Menschengunst.
Einstmals — das wann und wie ist schnuppe —
Geriet es in die Erbsensuppe.

Der Mensch benahm sich miserabel.
Er stach die Seife mit der Gabel,
Beroch sie roh und rief: «Pfui, Spinne!»
Da schwanden ihr vor Angst die Sinne.

It lived in a Discreet Location

It lived in a discreet location
a piece of soap, of noble station
in a dainty porcelain holder.
From day to day, it became older.

It courted with its musky vapour,
human affection, human favour.
How it occurred - a mystery,
it landed in the consommé.

The soup consumer popped his cork
and poked the soap with a sharp fork,
sniffed at it, and «Yuck» exclaimed --
the soap was naturally pained.

Das Schlüsselloch

Das Schlüsselloch, das im Haupttor saß,
Erlaubte sich nachts einen Spaß.
Es nahten Studenten
Mit Schlüsseln in Händen.
Da dachte das listige Schlüsselloch:
Ich will mich verstecken,
Um sie zu necken!
Worauf es sich wirklich seitwärts verkroch.
Alsbald nun tasteten die Studenten
Suchend,
Fluchend;
Mit Händen
An Wänden.
Und weil sie nichts fanden, zogen sie weiter.
Schlüsselloch lachte heiter.
(Die Herren erreichten ihr Zimmer nimmer.
Eigentlich war die Sache noch schlimmer.
Ich selbst war nämlich bei den Studenten –
Doch lassen wir es dabei bewenden.)

The Keyhole

A keyhole, one night in the dark,
decided it would have a lark.
A group of students came along -
their house keys they had brought.
The craft keyhole thought,
their plans will come to naught,
and turned itself sidelong.
Soon the students, one and all,
began seeking,
cursing,
feeling,
with their hands along the wall.
And as nothing could be found,
agreed to go and turned around.
The keyhole laughed, quite hearty.
(The students never found their flat,
indeed, it was much worse than that,
as I was of the party -
but let's leave it at that).

Aus der Vogelkunde

Ich spreche von Flugmaschinen.
Sie summen lauter als Bienen
Und sind eine Kreuzung von Taube,
Ente, Maikäfer und Schiffsschraube.

Sie nisten einzeln, paar- und gruppen-
Weise in Hallen und Schuppen.
Ich habe persönlich festgestellt:
Sie bringen lebendige Junge zur Welt,
Die wie Menschen aussehn,
Wenn sie aus ihnen herausgehn.

Auch legen sie Eier und brüten
Im Krieg. Zeus möge das künftig verhüten.
Ihre Nahrung sind Menschen, Koffer, Benzin
Und Zeitungen aus Berlin.

Sie sind über die ganze Welt
Verbreitet und sehr zahm auch in Freiheit.
Außerdem sind sie der Polizeiheit
Und der Zollbehördlichkeit unterstellt.
Volkstümlich nennt man sie schlechthin Maschinen.
Ich könnte Ihnen mit Näherem dienen,
Aber ich verlange dafür
Einen Flugzeugengebühr.

Ein kühnes Rosshaar erklärte den andern

Ein kühnes Rosshaar erklärte den andern:
Es müsse aus der Matratze wandern.
Es poche auf seine Grossjährigkeit,
Und es liege in seiner Rosshärigkeit
Der Trieb zum Wandern. Da rief es: «Adieu!»
Und damit schnellte es in de Hoeh'.
Ein Mensch saß auf besagter Matratze.
Das Rosshaar hüpfte auf seine Glatze,
Und weil es sehr gut gedieh an dem Orte,
So wuchsen dort bald noch mehr von der Sorte.

A Daring Horsehair told the Others

A daring horsehair told the others,
«I must leave the mattress, brothers,
I am in my maturity,
my Wanderlust's hereditary»,
and as it left, it called «Goodbye»,
and made a leap, extremely high.
A man was sitting on the bed,
the horsehair sprang on his bald head,
and as it felt at once at home,
more horsehairs soon grew on that dome.

«Oh», rief ein Glas Burgunder

«Oh Mond, du göttliches Wunder!
Du gießt aus silberner Schale
Das liebestaumelnde, fahle,
Trunkene Licht wie sengende Glut
Hin über das nachtigallene Land –»

Da rief der Mond, indem er verschwand:
«Ich weiß, ich weiß! Schon gut! Schon gut!»

«Oh», called a Glass of Burgundy Wine

«Oh, moon, you miracle divine!
You pour out of a silver bowl
a rapturous light so pale,
that a drunken-like scorching glow
swathes the land of the nightingale».
The moon exclaimed before it fled:
«Enough! Enough! I know, I know»!

Es war einmal ein schlimmer Husten

Es war einmal ein schlimmer Husten,
Der hörte gar nicht auf zu pusten.
Zwar kroch er hinter eine Hand,
Was jedermann manierlich fand.

Und doch hat ihn der Doktor Lieben
Mit Liebens Malzbonbon vertrieben.

Bemerkt sei noch: Für dies Gedicht
Bezahlte mich Herr Lieben nicht.

Once there was a Hacking Cough

Once there was a hacking cough,
it never seemed to have enough,
although it crept behind a hand -
which everyone could understand.

But Doctor Lieben had success
with Lieben's cough pastilles, no less.

I want to make it clear today,
I wrote these lines for free,
and Doctor Lieben did not pay
a single groat to me!

Der Spiegel, der Kamm

Und der Schwamm
Und das weiße Handtuch an der Wand
Und ein Mann, der hinter dem Kleiderschrank stand,
Die warteten auf das schöne Mädchen
Käthchen.
Und endlich, endlich kam Käthchen gegangen.
Da küsste der Schwamm ihr Mund und Wangen
Und sie küsste den Schwamm und beugte sich nieder
Und küsste das Handtuch und küsste es wieder.
Sie ließ sich von dem Spiegel umschmeicheln
Und von dem Kamme ihr Goldhaar streicheln.
Dann sagte sie allen recht schönen Dank.
Dann sah sie den Mann hinterm Kleiderschrank
Und rannte davon und schrie dabei:
«Zu Hilfe! Mörder!» und «Polizei!» -- --

Der Mensch glaubt über den Dingen zu stehen.
Hier war das Gegenteil deutlich zu sehen.

The Mirror, the Comb …

and the sponge,
and the white towel on the floor,
and a man, hiding behind the door,
all lying in wait
for Kate.

And finally, Katie came, so meek,
the sponge kissed her lips and her cheek
and she kissed the sponge and bent over
and kissed the towel, over and over.
She let the mirror flatter her
and the comb stroked her golden hair.
Then she thanked them, one and all,
and discovered the man in the shower stall.
Ran off in fright, her cries did not cease:
«Help! Murderer! Call the police»!

People believe they have everything planned,
but sometimes, matters get out of hand.

Die Feder

Ein Federchen flog durch das Land.
Ein Nilpferd schlummerte im Sand.
Die Feder sprach: «Ich will es wecken!»
Sie liebte, andere zu necken.
Aufs Nilpferd setzte sich die Feder
Und streichelte sein dickes Leder.
Das Nilpferd sperrte auf den Rachen
Und musste ungeheuer lachen.
Joachim Ringelnatz

The Feather

A feather flew around the land.
A hippo slumbered in the sand.
The feather said, «I'll cause some bother»!
It loved to play its pranks on others.
On hippo's back settled the feather
and tickled its abundant leather.
The hippo opened wide its gape,
and laughed out loudly at the jape.

Die Seifenblase

Es schwebte eine Seifenblase
Aus einem Fenster auf die Strasse.
«Ach, nimm mich mit Dir » bat die Spinne
Und sprang von einer Regenrinne.
Und weil die Spinne gar nicht schwer,
Fuhr sie im Luftschiff übers Meer.
Da nahte eine böse Mücke,
Sie stach ins Luftschiff voller Tücke.
Die Spinne mit dem Luftschiff sank
Ins kalte Wasser und ertrank.

The Soap Bubble

A bubble floated, so discreet,
out of the window to the street.
The spider begged, «Take me along»,
sprang from the gutter, quite headstrong.
And as the spider was so light,
they both flew off into the night.
A mosquito, seeking trouble,
stuck its barb into the bubble
Spider and bubble were both downed
in icy water - and were drowned.

Es war ein Brikett, ein großes Genie

Es war ein Brikett, ein großes Genie,
Das Philosophie studierte
Und später selbst an der Akademie
Im gleichen Fache dozierte.

Es sprach zur versammelten Briketterie:
«Verehrliches Auditorium,
Das Leben – das Leben – beachten Sie –
Ist nichts als ein Provisorium.»

Da wurde als ketzerisch gleich verbannt
Der Satz mit dem Provisorium.
Das arme Brikett, das wurde verbrannt
In einem Privatkrematorium.

There was a Briquet, a Great Genius

There was a briquet, a genius he,
when young, he studied philosophy,
and later became, for his mastery,
Professor at the academy.

He addressed the assembled coals and said:
«Before you know it, you'll all be dead.
A briquet is predestined to burnout,
that's something about which there's no doubt».

But the coals found this was heretical,
although it was theoretical,
and condemned him to be cast on the grate
to be burnt alive, that was his fate.

Philosophische Denkanstöße - Philosophical Thoughts

Überall

Überall ist Wunderland.
Überall ist Leben.
Bei meiner Tante im Strumpfenband
Wie irgendwo daneben.

Überall ist Dunkelheit.
Kinder werden Väter.
Fünf Minuten später
Stirbt sich was für einige Zeit.
Überall ist Ewigkeit.

Wenn du einen Schneck behauchst,
Schrumpft er ins Gehäuse.
Wenn du ihn in Kognak tauchst,
Sieht er weiße Mäuse.

Everywhere

Everywhere is Wonderland,
everywhere is love.
It's in my auntie's garter band,
as well as just above.

Everywhere obscurity,
the child becomes a man,
a mere flash in the pan,
from zero to infinity,
everywhere eternity.

Blowing on a snail,
makes it withdraw its tail.
Dip it in brandy twice;
it starts to see white mice.

Den Umfang einer Wolke

Den Umfang einer Wolke misst
Kein Mensch. Weil sie nicht rastet,
Noch ihre Freiheit je vergisst. –
Ich glaube: Keine Wolke ist
Mit Arbeit überlastet.

The Size of a Cloud

No one can ponder,
the extent of a cloud.
Because it's not allowed
to linger in one place
and lose the right to wander.

I believe a cloud is never
overworked - it's far too clever.

Sehnsucht nach Zufall

Es gibt freiwilliges Allein,
Das doch ein wenig innen blutet.

Verfrühter Gast in einer Schenke sein,
Wo uns derzeit kein Freund vermutet — —

Und käme plötzlich doch der Freund herein,
Den gleiche Abenteuer-Wehmut lenkt,
Dann wird es schön! Dann steigt aus schlaffen Träumen
Ein gegenseitig stärkendes Sichbäumen
Und spricht, was in ihm rauh und redlich denkt.

Longing for a chance encounter

Voluntary aloneness exists,
but inner bleeding still persists.

The earliest customer in the bar,
where our friends least expect us.

But suddenly, a comrade breezes in,
driven by the same restless melancholy,
and life is good again!
Limp dreams birth mutual strength and mirth,
Togetherness, as in youth,
releases captive and unspoken truth.

Die neuen Fernen

In der Stratosphäre,
Links vom Eingang, führt ein Gang
(Wenn er nicht verschüttet wäre)
Sieben Kilometer lang
Bis ins Ungefähre.

Dort erkennt man weit und breit
Nichts. Denn dort herrscht Dunkelheit.
Wenn man da die Augen schließt
Und sich langsam selbst erschießt,

Dann erinnert man sich gern
An den deutschen Abendstern.

The New Afar

In the stratosphere
there's a path, left from the door,
(if it's not destroyed)
seven miles or more
into the void.

Far and wide you find
nothing - only darkness reigns,
like when you close your eyes,
and blow out your brains.

A reminder from afar
of the German evening star.

Shakespeare

Er sah wie Christus die Welt,
Die erlebte er als Knecht.
Was seine Kunst spielend uns vorgestellt,
Hat ewig Recht.

Shakespeare

Like Christ, he saw the world
he underwent as menial.
His art, playfully for us unfurled,
forever genial.

Schenken

Schenke groß oder klein,
aber immer gediegen.
Wenn die Bedachten
die Gaben wiegen,
Sei Dein Gewissen rein.

Schenke herzlich und frei.
Schenke dabei was in Dir wohnt
An Meinung, Geschmack und Humor,
So dass die eigene Freude zuvor Dich
reichlich belohnt.

Schenke mit Geist ohne List.
Sei eingedenk,
Dass dein Geschenk
Du selber bist.

Giving

Give presents fancy or austere,
but always with respect,
and so for the recipients
the moment is perfect,
and your conscience is clear.

Give freely with sincerity
give what is in your heart
thoughts, feelings and laughter.
Then what you give will be returned
at once and soon thereafter.

Give without expectation,
think not of remuneration.
For what you give is part of you,
without qualification.

Die Brüder

Der Weekend traf den Weekbeginn:
«Guten Morgen!»
«Guten Abend!»
Sie mochten sich anfangs nicht leiden,
Und immer hatte von beiden
Der eine ein unrasiertes Kinn.

Trotz dieser trennenden Kleinigkeit
Lernten sie doch dann sich leiden
Und gingen klug und bescheiden
Abwechselnd durch die Zeit

Und gaben einander Kraft und Mut.
Und schließlich waren die beiden
Nicht mehr zu unterscheiden.
Und so ist das gut.

The Brothers

The weekend met the week's begin:
«Good morning»!
«Good evening»!
They couldn't stand each other,
and one of them - the other,
had always an unshaven chin.

Despite this minor difference
they very soon learned acceptance,
as well as mutual tolerance -
that's only common sense.

They gave each other *joie de vivre*,
and at the end were of one heart,
no longer could be told apart.
And that's how it should be.

Melancholie

Von weit her Hundebellen
Klingt durch die nächtliche Ruh.
Es spülen die schwarzen Wellen
Mein Boot dem Ufer zu.

Die blauen Berge der Ferne
Winken am Himmelssaum.
Auf in den Lichtbann der Sterne
Trägt mich ein Traum.

Stumm ziehen wilde Schwäne
Über das Wasser hin.
Mir kommt eine müde Träne.
Ich weiß nicht, warum ich so bin.

Melancholy

The sound of far-off barking, hoarse,
disturbs the night once more
The endless ranks of black waves thrust
my boat towards the shore

The dark blue mountains far away
beckon on heaven's seam.
In the glow of the Milky Way
I'm borne as in a dream.

Silent swans, both wild and free
across the water swam.
I shed a weary tear or three,
and ask myself what I am.

Abend am Strand

Abendglühgold zittert auf träumender See.
Eine Möwe zieht ihre einsamen Kreise.
Auf dem Wasser treibend, ein Boot. Und leise, leise
Bringt mir der Wind eine müde Weise.
«Närrisches Herz, was stimmt dich so weh?»

Evening on the Shore

The glowing gold of evening
shivers on the sleeping sea
as overhead, a seagull circles solitarily.
A skiff drifts aimlessly. And softly, softly,
the wind wafts loftily -
and weariness does flow.

Vergehe Zeit

Vergehe Zeit und mach einer besseren Platz!
Wir haben doch nun genug verloren.
Setz einen Punkt hinter den grausamen Satz
«Ihr habt mich heraufbeschworen.»
Was wir, die Alten, noch immer nicht abgebüßt,
Willst du es nicht zum Wohle der Jugend erlassen?!
Kaum kennen wir's noch, dass fremde Hände sich fassen
Und Fremdwer zu Ungleich sagt: «Sei herzlich gegrüßt.»
Lass deine Warnung zurück und geh schnell vorbei,
Dass wir aufrecht stehen.
Vergönne uns allen zuinnerst frei
Das schöne Grün unsrer Erde zu sehen.

Go Now Time

Go now, time, make a place for something better.
We've lost enough, that's clear,
put a full stop after the last letter
of, «You summoned me, so I am here».
What we, the old ones, still atone,
let the young ones have for their own.
It's seldom now that strange hands grasp each other,
and a stranger says to stranger, «Welcome, brother».
Leave thy warning and pass quickly by.
that we stand straight and tall.
Grant us the freedom to enjoy
our Earth’s green, after all.

Meine Schuhsohlen

Sie waren mir immer nah,
Obwohl ich sie selten sah,
Die Sohlen meiner Schuhe.

Sie waren meinen Fußsohlen hold.

An ihnen klebt ewige Unruhe,
Und Dreck und Blut und vielleicht sogar Gold.

Sie haben sich aufgerieben
Für mich und sahen so selten das Licht.

Wer seine Sohlen nicht lieben
Kann, liebt auch die Seelen nicht.

Mir ist seit einigen Tagen
Das Herz so schwer.
Ich muss meine Sohlen zum Schuster tragen,
Sonst tragen sie mich nicht mehr.

The Soles of my Shoes

They were always close to me,
although they were hard to see,
the underside of my shoes.

For my feet, they kept out the cold.

Stuck to them was permanent unrest,
mud, and blood and probably gold.

They wore themselves out for me
and seldom saw the light of day.

A man who cannot love his sole
most surely does not love his soul.

But for the past few days, for sure,
my heart is heavy, and I have the blues,
to the cobbler, I must carry my shoes
or else they won't carry me anymore.

Träume deine Träume

Träume deine Träume in Ruh.
Wenn du niemandem mehr traust,
Schließe die Türen zu,
Auch deine Fenster,
Damit du nichts mehr schaust.

Sei still in deiner Stille,
Wie wenn dich niemand sieht.
Auch was dann geschieht,
Ist nicht dein Wille.

Und im dunkelsten Schatten
Lies das Buch ohne Wort.

Was wir haben, was wir hatten,
Was wir – –
Eines Morgens ist alles fort.

Dream your Dreams

In peace and quiet, dream your dreams.
When no one else you can trust
close the windows,
close the doors -
to look out, you no longer must.

In your quietness, be still,
as if you cannot be seen.
And events unforeseen
are against your will.

And in the darkest shadows,
read a book without words.

What we have, what we had,
what we …
has one day disappeared.

Freude

Freude soll nimmer schweigen.
Freude soll offen sich zeigen.
Freude soll lachen, glänzen und singen.
Freude soll danken ein Leben lang.
Freude soll dir die Seele durchschauern.
Freude soll weiterschwingen.
Freude soll dauern
Ein Leben lang.

Joy

Joy must never be still.
Joy must honesty instil.
Joy should laugh, and sing, and shine.
Let joy give thanks our whole lifetime.
Let joy shiver through your soul.
Let joy resonate a while.
Joy must last
a whole lifetime.

Liedchen

Die Zeit vergeht,
Das Gras verwelkt,
Die Milch entsteht,
Die Kuhmagd melkt.

Die Milch verdirbt.
Die Wahrheit schweigt.
Die Kuhmagd stirbt.
Ein Geiger geigt.

Ditty

Time strayed,
The green grass wilts,
The milk is made,
The milkmaid milks.

The milk turns.
The truth sways.
The milkmaid dies.
A violinist plays.

Persönlich - Personal

Am Sachsenplatz. Die Nachtigall

Es sang eine Nacht ...
Eine Nachti ..
Ja Nachtigall am Sachsenplatz
Heute morgen. - Hast du in Berlin
Das je gehört? - Sie sang, so schien
Es mir, für mich, für Ringelnatz.

Und gab mir doch Verlegenheit,
Weil sie dasselbe Jauchzen sang,
Das allen Dichtern früherer Zeit
Durchs Herz in ihre Verse klang.
In schöne Verse!

Nachtigall,
Besuche bitte ab und zu
Den Sachsenplatz;
Dort wohne ich. - Ich weiß, dass du
Nicht Verse suchst von Ringelnatz.

Und hatten doch die Schwärmer recht,
Die dich besangen gut und schlecht.

On Sachsenplatz. The Nightingale

There sang one night …
a Nighting …
Yes, Nightingale on Sachsenplatz
this morn. In Berlin, have you heard
her lovely song, she sang this bird
her song, for me, for Ringelnatz.

And put me in a quandary,
because the song was just the same
that poets of past century
their heart in verses did declaim.
In perfect verse!

Nightingale!
Come oft and pay a visit to
the Sachsenplatz.
I live there, and I know that you
don't need a verse from Ringelnatz.

Your devotees were right that had
intoned your talents, good and bad.

Brief in die Sommerfrische

Ich habe so Sehnsucht nach Dir.
Weil alles so gut steht
Auf unserem Gemüsebeet.
Und Du bist in England. Nicht hier
Bei mir.
Frau heißt auf Englisch »Wife«;
Muss man, um das zu lernen,
Sich so weit und so lange entfernen?

Bei uns ist alles Gemüse reif.
Meinst Du, dass ich das allein
Esse? Kommt gar nicht in Frage.
Und so vergehen die Tage.
Könnte doch zu zweit so billig sein.

Bis August und noch September vergeht,
Ist alles verfault auf dem Beet.
Aber Englisch ist wichtiger als Gemüse,
Das es schließlich auch in Büchsen gibt.
Und ich gönne Dir das alles sehr. Grüße
Dich!
Dein Mann (einsam in Dich verliebt).

Holiday Correspondence

I miss you so much
cause nothing can match
our vegetable patch.
And you are in England,
not here with me -
that's wrong.
In English, «Frau» is wife.
Do you need to go so far away
to learn that, and for so long?

All our vegetables are ripe.
Must I eat them all alone?
Not a chance, dear lass.
And so the days pass
Life for two could be so cheap.

By the time that August and September have sped,
all will have rotted in our vegetable bed.
But English is more important than veg
as you can buy it in tins instead
So I wish you all the best.
Your true
man (who's lonely in love with you).

Berlin

Liebe Musch,

In Berlin – fährt die Hochbahn in ein Haus hinein
Und auf der andern Seite wieder raus.
Und blind und düster stemmt sich Haus an Haus.
Einmal – nicht lange – müsstest du hier sein.
Wo das aufregend gefährlich flutet und wimmelt
Und tutet und bimmelt
Am Kurfürstendamm und am Zoo.
Das Leben in Pelzen und Leder.
Ach, es drängt einen so oder so
Leicht unter die Räder.
Sonst habe ich gut hier gefallen.
Man hat mir hohe Gagen angeboten.
Aber weißt du: hier in Berlin verkehrt jeder mit allen,
Nur nicht mit stillen Menschen oder mit toten.
Ich bin so stolz darauf, dir einen Scheck zu überweisen.
Ja, ja, hier in Berlin heißt es sich durchbeißen.
Das gibt mir manche Lehre.

Dein Ringel

Berlin

Dear Musch,

In Berlin – the S-Bahn drives into a house
and on the other side, it then comes out.
House on house, blind and gloomy. My dear spouse,
once again, but not for long, I need you about.
Here, where excitement dangerously floods and mingles,
and toots and jingles,
on the Kurfürstendamm and in the Zoo.
life in fur coats and leather.
Oh, it constrains you one way or the other,
I'm just a little under the weather.
Nonetheless, I'm quite popular,
been offered high honoraria.
But I have to say, here in Berlin,
everyone gets along with everyone,
not just with quiet people or cadavera.
I'm proud to be able to transfer some money;
yes, for some, Berlin is a land of milk and honey.
I've learnt some lessons here.

Your Ringel

P.S.
Liebe Musch,

Ich bin in Eile — in vierzig Minuten
Geht mein Zug. Denke dir nur:
Die gelbe Tasche mit Frack und den guten
Hosen, vier Hemden, Onkel Karls Uhr,
Die Metamorphosen des Tacitus,
Zwei Unterwäschen, fast sämtliche Kragen,
Sogar das Glas mit dem Bandwurm in Spiritus
Und vieles andere mehr. — Schluss — herzlichen Gruß.

Dein Ringel

P.P.S.
Entschuldige Musch,

Ich muss dir ja noch die Hauptsache sagen:
Das alles haben sie mir gestohlen.
Ich habe hier Blut geschwitzt.
Der Teufel soll Berlin holen!
Denn auch mein neuer Hut ist vertauscht.
Übrigens. Pfenniger sitzt neben mir,
er lässt dich herzlich grüßen.
Wir sind dir beide gut, aber ziemlich berauscht.

Dein Ringel!

P.S.
Dear Musch,

I'm in a rush – in forty minutes time
my train leaves. Just imagine:
the yellow suitcase with my tailcoat
and the best trousers, four shirts,
Uncle Karl's signet ring,
the Metamorphoses of Tacitus,
and underthings,
almost all my collars and cuffs,
not to forget,
the jar with the tapeworm in spiritus,
and much, much more. Enough!
Your amorous

Ringel

P.P.S.
Excuse me, Musch,

I quite forgot the most important thing,
they've stolen abso-bloody-lutely everything.
How I've sweated blood - and the odd tear.
To hell with Berlin!
Even my new hat has gone – I'm muddled.
By the way. Pfenniger is sitting next to me,
he sends his best regards.
We're in good form - but just a bit befuddled.

Your Ringel.

Ehrgeiz

Ich habe meinen Soldaten aus Blei
Als Kind Verdienstkreuzchen eingeritzt.
Mir selber ging alle Ehre vorbei,
Bis auf zwei Orden, die jeder besitzt.

Und ich pfeife durchaus nicht auf Ehre.
Im Gegenteil. Mein Ideal wäre,
Dass man nach meinem Tod (grano salis)
Ein Gässchen nach mir benennt,
ein ganz schmales und krummes Gässchen,
mit niedrigen Türchen,
Mit steilen Treppchen und feilen Hürchen,
Mit Schatten und schiefen Fensterluken.

Dort würde ich spuken.

My Burning Ambition

I had tin soldiers as a boy,
and gave them all awards.
I only had the two myself
that all others possess.
A limited success.

It's not that I don't relish fame,
quite the reverse, my fervent aim
is one day when I die (joking aside)
they name an alley after me, not wide,
a crooked lane, with lowly doors,
steep flights of steps and haggling whores,
with shadowed nooks and casements round.

My haunting ground.

An meinen Lehrer

Ich war nicht einer deiner guten Jungen.
An meinem Jugendtrotz ist mancher Rat
Und manches wohlgedachte Wort zersprungen.
Nun sieht der Mann, was einst der Knabe tat.

Doch hast du, alter Meister, nicht vergebens
An meinem Bau geformt und dich gemüht.
Du hast die besten Werte meines Lebens
Mit heißen Worten mir ins Herz geglüht.

Verzeih, wenn ich das Alte nicht bereue.
Ich will mich heut wie einst vor dir nicht bücken.
Doch möcht ich dir für deine Lehrertreue
nur einmal dankbar, stumm die Hände drücken.

For my Teacher

I was not of the best sort in your class.
On my youthful defiance, your guidance
and considered words, shattered like glass.
In age, I look back on my innocence.

But, old master, it was not all in vain,
you gave your best and coached me well for life.
The values thus ingrained, I did retain,
carved on my heart with your scholastic knife.

Forgive me if I do not show regret,
nor do I these days bow to your demand.
But for your firmness, I am in your debt
and, thankfully, but wordless, shake your hand.

Pfingstbestellung

Ein Pfingstgedichtchen will heraus
Ins Freie, ins Kühne.
So treibt es mich aus meinem Haus
Ins Neue, ins Grüne.

Wenn sich der Himmel grau bezieht,
Mich stört's nicht im geringsten.
Wer meine weiße Hose sieht,
Der merkt doch: Es ist Pfingsten.

Nun hab ich ein Gedicht gedrückt,
Wie Hühner Eier legen,
Und gehe festlich und geschmückt
Pfingstochse meinetwegen
Dem Honorar entgegen.

Ordered for Whitsun

A Whitsun verse is struggling
to be free in the open,
so it drives me out of the house,
at last, I am awoken.

And if the sky is dull and grey,
it doesn't spoil my fun,
for I wear my white pants today,
because it is Whitsun.

So, now I have produced a rhyme,
just like a laying hen,
and dressed up in my prime
as the dandy of the nation,
I expect remuneration.

Morgenwonne

Ich bin so knallvergnügt erwacht.
Ich klatsche meine Hüften.
Das Wasser lockt. Die Seife lacht.
Es dürstet mich nach Lüften.

Ein schmuckes Laken macht einen Knicks
Und gratuliert mir zum Baden.
Zwei schwarze Schuhe in blankem Wichs
Betiteln mich »Eure Gnaden.«

Aus meiner tiefsten Seele zieht
Mit Nasenflügelbeben
Ein ungeheurer Appetit
Nach Frühstück und nach Leben.

Morning Bliss

I am awake, explosively aware,
I crack in harmony my knuckle,
thirsting for a blast of fresh winter air,
the water tempts, the soapsuds chuckle.

A fancy bedsheet curtsies most benign,
congratulates me on my freshness,
my ebony shoes with glittering gloss,
address me as «Your Royal Highness».

Out of the uttermost depths of my soul
with nostril quivering, utmost rife,
arises an enormous appetite
for breakfast, and a keen zest for life.

Beobachtungen - Observations

Genau besehen

Wenn man das zierlichste Näschen
Von seiner liebsten Braut
Durch ein Vergrösserungsgläschen
Näher beschaut,
Dann zeigen sich haarige Berge,
Dass einem graut.

Close-Up

Studying the dainty nose
of your dearest bride-to-be
through a magnifying glass
up close you see
a gigantic hairy mountain range.
That's not for me.

Straßenerlebnisse

Mir ist wieder manches begegnet.
Es hat Bindfaden geregnet.
Das Wasser bepinkelte Straßen und Gassen,
Und ein verregneter Sprengwagenlenker
Fluchte den Regenmacher zum Henker.
Das sollte ein Sprengwagenlenker
Doch lieber unterlassen.
Vor einer grüngekleideten Maid
Blieb ich begeistert stehn.
Sie sagte: ich möchte weitergehn.
Das tat ich.
Ob Mann, ob Frau, im grünen Kleid
Sind beide stets sympathisch.
Im zweiten Fall war ich sehr kühl,
Denn ich entscheide nach Gefühl,
Und mit einer Frau mit konkaven
Popo
Geh ich nun einmal nicht schlafen,
No, no!

Street Happenings

I had a few experiences today,
it rained cats and dogs, so to say.
The water piddled down alleys and streets,
and the rained-on driver of a water cart
took it all far too much to heart,
which is pointless on his part,
even when it pours in sheets.
I greeted a girl in a green dress
whom I happened upon,
but she asked me to move on.
I did.
I'm always very keen
on men, or women, dressed in green,
but in the second case
I moved on apace,
for a lady with a concave
derriere
will not share a bed with me -
no fear!

Leute - People

Der Komiker

Ein Komiker von erstem Rang
Ging eine Strasse links entlang.
Die Leute sagten rings umher
Hindeutend: «Das ist der und der!»
Der Komiker fuhr aus der Haut
Nach Haus und würgte seine Braut.
Nicht etwa wie von ungefähr,
Nein ernst, als ob das komisch wär'.

The Comic

A comic, one of the elite,
strolled on the far side of the street.
Certain onlookers, in the know,
remarked: «That's him, that so-and so».
The wit, enraged, went home to wife
and with his bare hands, took her life.
Not just to spite his better half
but earnestly, just for a laugh.

Abschied der Seeleute

Chor der Seeleute:

Wir Fahrensleute
Lieben die See.
Die Seemannsbräute
Gelten für heute,
Sind nur für to-day.
Die Mädchen, die weinen,
Sind schwach auf den Beinen.
Was schert uns ihr Weh!
Das Weh, ach das legt sich.
Unsre Heimat bewegt sich
Und trägt uns in See,
Far-away.

Chor der Mädchen:

Wir, die Bräute
Der Fahrensleute,
Lieben und küssen,
Doch wissen, sie müssen
Zur Seefahrt zurück.
Und wenn sie ertrinken,
Dann – wissen wir – winken
Uns andre zum Glück.

The Sailors' Farewell

Sailors' Choir:

We are all seamen,
we love the sea.
The seaman's women
are temporary
Just for today.
The weak girls who weep
their troubles can keep
we won't stay.
Our worries get smaller
our home is our trawler
it takes us to sea
far away.

Young Girls' Choir:

We are the brides
of the sailors, their pride.
We love 'em and kiss 'em
but know that their mission
is back to the sea.
And if they drown
we'll go out on the town
There's another for me.

Die Frau mit der Reiherfeder

Ich weiß nicht genau,
Warum ich so oft an die bleiche Frau
Mit der weißen Reiherfeder denke,
Mich immer in den Gedanken versenke:
Wie könnte es werden, wie würde es sein,
Wäre sie dein. – –
Ich weiß es nicht und frage vergebens.
Sie ist auf dem bunten Wege des Lebens
Irgendwo still an mir vorüber gegangen,
Die schöne Frau mit den bleichen Wangen.
Sie hat mich mit kalten Blicken gemessen;
Wir haben kein einziges Wort getauscht,
Doch sie hat mich mit fremdem Zauber berauscht,
Dass ich sie nimmer werde vergessen.
Etwas wie sehnende, nagende Glut
Will mir das pochende Herz zerreißen;
Denk ich der bleichen Frau mit der weißen,
Wehenden Reiherfeder am Hut.

The Woman with the Egret Feather

'Tis to no avail,
my thoughts by every weather
are with that woman pale
with the egret feather.
What it would be like, would it be fine
if she were mine?
I know it not and ask in vain.
Her life is too arcane,
and disdains with me to speak,
the beauty with the ashen cheek.
No words have passed between us;
she measured me with a cold glance,
but her spell makes it superfluous,
I cannot forget her, my romance.
A yearning, gnawing fire; that
is my poor heart's plight,
thinking of the woman with the white,
waving, egret feather in her hat.

Das Mädchen mit dem Muttermal

Woher sie kam, wohin sie ging,
Das hab' ich nie erfahren.
Sie war ein namenloses Ding
Von etwa achtzehn Jahren.
Sie küsste selten ungestüm.
Dann duftete es wie Parfüm
Aus ihren keuschen Haaren.

Wir spielten nur, wir scherzten nur;
Wir haben nie gesündigt.
Sie leistete mir jeden Schwur
Und floh dann ungekündigt,
Entfloh mit meiner goldnen Uhr
Am selben Tag, da ich erfuhr,
Man habe mich entmündigt.

Verschwunden war mein Siegelring
Beim Spielen oder Scherzen.
Sie war ein zarter Schmetterling.
Ich werde nie verschmerzen,
Wie vieles Goldene sie stahl,
Das Mädchen mit dem Muttermal
Zwei Handbreit unterm Herzen.

The Girl with the Mole

Where she came from, where she went,
I never did find out,
she was a nameless maiden,
eighteen - or thereabout.
She rarely kissed impetuously.
but then her hair smelt sumptuously,
of that, there is no doubt.

We joked and danced the *pas de deux*,
but never behaved untoward,
she swore to me she would be true.
But then she left without a word -
with my gold watch she flew,
on that same ill-fated day
that they took my rights away.

Gone also was my signet ring,
engraved with family crest.
A fragile butterfly on the wing,
she left me quite depressed,
because of all the gold she stole,
the pretty maiden with the mole,
two handbreadths under her breast.

Alter Mann spricht junges Mädchen an

«Guten Tag!» – Wie du dich bemühst,
Keine Antwort auszusprechen.
«Guten Tag» in die Luft gegrüßt,
Ist das wohl ein Sittlichkeitsverbrechen?

Jage mich nicht fort.
Ich will dich nicht verjagen.
Nun werde ich jedes weitere Wort
Zu meinem Spazierstock sagen:

Sprich mich nicht an und sieh mich nicht,
Du Schlankes.
Ich hatte auch einmal ein so blankes,
Junges Gesicht.

Wie viele hatten,
Was du noch hast.
Schenke mir nur deinen Schatten
für eine kurze Rast.

Old Man addresses Young Girl

«Hello my dear«! - how hard you try
avoiding any acknowledgement.
«Hello», receiving no reply.
Is that now sexual harassment?

Chase me not away,
to chase you I'd not deign,
and every word from now I say
is addressed to my cane.

Don't talk with me or with me share
affection,
I also had in times now gone a fair
complexion.

Many then had
your innocent smile.
Lend me just your shadow,
for a while.

Der «Gezeichnete»

Ein Bleistift hat mich vergewaltigt,
Hat meine Züge vergestaltigt
Und hinterlistig auf ein Blatt
Papier gebracht.
Ich muss gesteh'n, der Bleistift hat
An sich die Sache gut gemacht.
Wer aber gab ihm die Erlaubnis?!
Nun weiß ich nicht recht, ob das Raub ist.
Gehört die Miene nun dem Blei?
Gehört sie mir? — Wie dem auch sei.
Die Fratze und der Bleistiftstrich
Verhöhnten und versöhnten sich
und zogen darauf Hand in Hand
Ganz freundschaftlich ins weite Land.
Denn beide sind — das ist der Witz —
Im Grunde kein Privatbesitz.

Marked for Life

A pencil violated me,
deformed my topography
and sneakily
formed my iconography.
The pencil, I must confess
did a good job
nonetheless.
But who allowed
it to rob?
Does it now own my appearance?
(I didn't give it clearance!)
Or does it belong to me?
We'll have to wait and see.
The grimace and the pencil mark,
no bother,
taunted, then made peace with each other,
and travelled hand in hand
amicably throughout the land.
Because both are -
and that's the mockery -
essentially not private property.

Der kleine Junge

Es war ein kleiner, böser Junge
Der zeigte jedermann die Zunge,
Ging statt zur Schule auf die Strasse
Und drehte allen eine Nase.
Als seine Eltern beide tot,
Kam er in bitterliche Not.
Und lebt nun -- weil er sonst nichts kann --
Als armer Leierkastenmann.

The Little Boy

There was a naughty little lad,
poked out his tongue at everyone,
played pranks on people, just for fun,
skipped off school, and that was bad.
His parents died and, more or less,
the little lad was penniless,
and lived, in order to exist,
as needy barrel organist.

Es war einmal ein Kannibale,

Es war einmal ein Kannibale
Der war aus Halle an der Saale.
Man sah ihn oft am Bodensee
Für zwanzig Pfennige Entree.

There was once a Cannibal

There was once a cannibal,
born and bred in Schwäbisch Hall.
One saw him often near the sea
for a twenty-pfennig entrance fee.

(*The one who came from Halle*
was his cousin Hannibale! D.C.)

Liebe - Love

Ich habe dich so lieb!

Ich habe dich so lieb!
Ich würde dir ohne Bedenken
eine Kachel aus meinem Ofen
Schenken.

Ich habe dir nichts getan.
Nun ist mir traurig zu Mut.
An den Hängen der Eisenbahn
Leuchtet der Ginster so gut.

Vorbei – verjährt –
Doch nimmer vergessen.
Ich reise.
Alles, was lange währt,
Ist leise.

Die Zeit entstellt
Alle Lebewesen.
Ein Hund bellt.
Er kann nicht lesen.
Er kann nicht schreiben.
Wir können nicht bleiben.

Ich lache.
Die Löcher sind die Hauptsache
An einem Sieb.

Ich habe dich so lieb.

I love you so much

I love you so much!
that without giving it any thought,
I'd give you a tile from my oven.
For naught.

I've never done you any wrong.
My courage mixes with sadness.
In the railway cutting yearlong
the gorse bushes glow, nonetheless.

Past and foregone
but never forgotten,
nor disputed.
All's worth to one
is now muted.

Time deforms
all god-made forms.
A dog barks.
It cannot read.
It cannot write.
We cannot stay.

I laugh.
The holes make up more than half
of a sieve.

I love you so much

Kürzeste Liebe

Blöde Bauern, die den biedern
Gruß der Bürger nicht erwidern,
Menschen, die mit halbem Nicken
Danken, ohne aufzublicken.
Prüde, scheue Frauen, leise
Kinder, würdevolle Greise — — —
Aber wenn an Dorf und Feld und
Wald vorbei dein Schnellzug braust,
Du aus deinem Wagen schaust:
Ja dann stehen — stehn auch diese
Ganz dir zugewandt am Hange,
Vor dem Stalltor, auf der Wiese —.
Und sie winken. Winken lange.
Grüßen voll und grüßen frei
Dich und deine Fahrtgenossen.
Und die reinste Liebe wird vergossen
Im Vorbei.

Briefest Love

Ignorant peasants, unreciprocating
to citizens' fleeting salutations,
people nodding distantly
with obvious reluctancy.
Prudish, diffident women,
quiet children, dignified old men.
But when your roaring express train
races past village, forest and plain,
a glimpse out of the carriage window shows
all of them, standing there in their rows.
On hillside, meadow and by stall,
waving at you, one and all,
greeting you most heartily,
you and members of your party
and the briefest love story is started,
and imparted -
in passing.

Ferngruss von Bett zu Bett

Wie ich bei dir gelegen
Habe im Bett,
weißt du es noch?
Weißt du noch,
wie verwegen
Die Lust uns stand?
Und wie es roch?
Und all die seidenen Kissen
Gehörten deinem Mann.
Doch uns schlug kein Gewissen.

Greetings from Afar - Bed to Bed

How I lay next to you
in bed,
do you remember?
Do you still recall
how adventurous our desire was?
And how it smelt?
And your husband's
silk cushions.
But we had no scruples.

Gott weiß, wie redlich untreu
Man sein kann.
Weißt du noch,
wie wir's trieben,
Was nie geschildert werden darf?
Heiß, frei, besoffen,
fromm und scharf.
Weißt du, dass wir uns liebten?
Und noch lieben?
Man liebt nicht oft in solcher Weise.
Wie fühlvoll hat dein spitzer Hund bewacht.
Ja unser Glück war ganz und rasch und leise.
Nun bist du fern.
Gute Nacht.

God alone knows how truly unfaithful
one can be.
Do you still remember
how we did it?
Details we must never
openly admit.
Hot, uninhibited,
drunk, devout and spicy.
Do you know that we were lovers -
and are still in love?
Seldom does one love to that extent.
How soulfully your horny dog protected us.
Yes, our bliss was complete and swift and noiseless.
Now you are far away.
Good night.

Nachtschwärmen

Die alte Pappel schauert sich neigend,
Als habe das Leben sie müde gemacht.
Ich und mein Lieb – hier ruhen wir schweigend –
Und vor uns wallt die drückende Nacht.
Bis sich zwei schöne Gedanken begegnen,
Dann löst sich der bleierne Wolkenhang.
Goldene, sprühende Funken regnen
Und füllen die Welt mit lustigem Klang.
Ein trüber Nebel ist uns zerronnen.
Ich lege meine in deine Hand.
Mir ist, als hätt ich dich neu gewonnen. –
Und vor uns schimmert ein goldenes Land.

Nighthawks

The ancient poplar trembles, inclining
as if life had created its blight.
My love and I rest here unspeaking,
before us raging the oppressive night.
Then two beautiful minds are as one
and the leaden raincloud disappears.
Sparks rain down, golden as the sun
filling the world with music for our ears.
The murky fog has vanished in the main,
and I entwine my fingers in your hand.
I feel as though I've conquered you again;
before us shimmering a golden land.

Der letzte Weg

«Ich gehe ins Wasser,» sagte sie leis,
»Ade!
Du hast es gut mit mir gemeint.
So weiß ich einen, der um mich weint.
Hab Dank!»
Ich aber sah ihr tiefes Weh
Und küsste sie, die arm und krank,
Und sagte: «Geh!»

The Final Journey

«I'll go to the water», she whispered,
«Bye!
You meant well with me, I believe.
So I know someone who will grieve,
God's will»!
But I saw her deep woe,
kissed her, feeble and ill
and said, «Go»!

Schwarze Humor - Black Humour

Silvester bei den Kannibalen

Am Silvesterabend setzen
Sich die nackten Menschenfresser
Um ein Feuer, und sie wetzen
Zähneklappernd lange Messer.
Trinken dabei - das schmeckt sehr gut -
Bambus-Soda mit Menschenblut.
Dann werden aus einem tiefen Schacht
Die eingefangenen Kinder gebracht
Und kaltgemacht.
Das Rückgrat geknickt,
Die Knochen zerknackt,
Die Schenkel gespickt,
Die Lebern zerhackt,
Die Bäuchlein gewalzt,
Die Bäckchen paniert,
Die Zehen gefalzt
Und die Äuglein garniert.
Man trinkt eine Runde und noch eine Runde.
Und allen läuft das Wasser im Munde
Zusammen, ausnander und wieder zusammen.
Bis über den feierlichen Flammen
Die kleinen Kinder mit Zutaten
Kochen, rösten, schmoren und braten.

New Year's Eve with the Cannibals

On New Year's Eve the people-eaters
in their birthday suits entire,
whetting their knives, each millimetre,
sit around the blazing fire,
drinking, for it tastes so good,
bamboo juice with human blood.
Then from a deep shaft underground,
come children blindfolded and bound,
for the next round.
Backbone cracked
femurs broiled
liver hacked
belly oiled
thighs fried
buttocks roasted
toes poached
and eyeballs toasted.
In expectation of the catering,
the cannibals' taste buds are watering,
and everybody drinks their fill,
the cups are passed around until,
the little kiddies rolled up nice
in banyan leaves, with herbs and spice,
are roasted, braised and without shame,
basted above the naked flame.

Nur dem Häuptling wird eine steinalte Frau
Zubereitet als Karpfen blau.
Riecht beinah wie Borchardt-Küche, Berlin,
Nur mehr nach Kokosfett und Palmin.
Dann Höhepunkt: Zeiger der Monduhr weist
Auf Zwölf. Es entschwindet das alte Jahr.
Die Kinder und der Karpfen sind gar.
Es wird gespeist.
Und wenn die Kannibalen dann satt sind,
Besoffen und überfressen, ganz matt sind,
Dann denken sie der geschlachteten Kleinen
Mit Wehmut und fangen dann an zu weinen.

The chief is served an aged lady,
filleted in a red wine gravy.
Aromas drift as children boil,
of cocoa fat and palm tree oil,
and then the climax, the moon clock's hands,
approach midnight, and the old year ends.
The children are now tender and greased -
now for the feast.
And when the cannibals have had their fill,
drunken and sated, and some feeling ill,
the slaughtered children spoil their sleep
with remorse - and they start to weep.

Fünf Verse über ein Thema

Einst war ich Seemann. Ich habe seitdem
Einen schwankenden Gang. Nun tuscheln
Die Menschen manchmal gedankenbequem
Hinterm Rücken oder ganz offen:
«Der Kerl ist wieder besoffen.»

Ich kann oft Menschen nicht wiedererkennen
Noch ihrer erinnern. Ich kenne zuviel.
Das ist keine Pose, das ist kein Spiel.
Die, die mich deshalb betrunken nennen,
Die treffen mich, aber nicht ihr Ziel.

Man schämt sich, immer von neuem zu fragen,
Und weil ich leider so schwerhörig bin,
Gebe ich oft lieber Antworten hin,
Die gar nichts besagen. Ich gelte dann
Bei vielen für den berauschten Mann.

Five Verses – a Single Theme

For most of my life, I was a sailor,
and I still have a rolling gait.
But some, behind my back
or even to my face say, alack,
«He's had one over the eight».

I’m not so good at recognising a face,
or remembering people. I know too many.
Some don't find that in the least funny.
But to call me a drunk is out of place.
I'll give them a run for their money!

People are ashamed to ask me things twice
and, as I’m hard of hearing, I suspect
they often get an answer they don’t expect.
But that’s no excuse for being unkind
and suggesting I’m three sheets to the wind.

Vor dem Vatikan in Rom
Lag ein Atom.
Ich stolperte so von ungefähr
Darüber. Die Menge meinte,
Dass ich nicht nüchtern wär. –
Nur das Atom weinte.

Ich ging vom Herrenabend um drei
Früh heim, meiner Ansicht nach nüchtern,
Und biss unterwegs aus Scherz und fast nüchtern
Einem Schutzmann die untere Nase entzwei.
Da hat dieser dreiste Lümmel gewagt,
Mich anzuzeigen. Hat unter Eid
Vor sieben Zeugen laut ausgesagt:
Ich sei angeheitert gewesen. –
Dieser Beamte tut mir leid.

An atom lay,
quite rare,
on St Peter's Square,
over which I stumbled
The crowd were agitated
and called out,
«He's inebriated».

After a night with the boys, around three,
I made my way home, feeling somewhat merry
but not in the least intoxicated, so, for a laugh
I bit a passing policeman's nose in half.
The cheeky beggar had the audacity,
despite his incapacity, to shop
me, and swore on oath, before a witness
that I had been absolutely legless.
I feel sorry for this cop.

So fand ich gestern Nachmittag

So fand ich gestern Nachmittag
In einer Retirade
Ein Stückchen Schokolade,
Das in der Abflussrinne lag. —

Zwar leb ich von der Hand in Mund
Und bin durchaus nicht kein Baron,
Doch hab ich's liegen lassen und
Verzichte auf den Finderlohn.

Just Yesterday

Just yesterday, in a latrine,
before I pulled the chain,
I found a piece of chocolate
lying there in the drain.

Although I live from hand to mouth,
and am certainly not a Lord,
I left the chocolate lying there,
and did not claim a reward.

Kinder - Children

Die sonnige Kinderstrasse

Meine frühe Kindheit hat
Auf sonniger Strasse getollt;
Hat nur ein Steinchen, ein Blatt
Zum Glücklichsein gewollt.

Jahre verschwelgten. Ich suche matt
Jene sonnige Strasse heut,
Wieder zu lernen, wie man am Blatt,
Wie man am Steinchen sich freut.

Sunny Children's Street

When I was a little boy,
we romped on the street in the sun,
played with a leaf or a stone,
happiness was our toy.

Now years have passed, but I still haven't found
that sunny street from yesterday,
learnt to recapture the joys that abound
with a leaf and a stone to play.

Kindersand

Das Schönste für Kinder ist Sand.
Ihn gibt's immer reichlich.
Er rinnt unvergleichlich
Zärtlich durch die Hand.

Weil man seine Nase behält,
Wenn man auf ihn fällt,
Ist er so weich.
Kinderfinger fühlen,
Wenn sie in ihm wühlen,
Nichts und das Himmelreich.

Denn kein Kind lacht
Über gemahlene Macht.

Kinder weinen.
Narren warten.
Dumme wissen.
Kleine meinen.
Weise gehen in den Garten.

Sandbox

The best plaything for kids is sand,
there is no shortage of it and
boys and girls cannot withstand,
letting it run through their hand.

And even if you fall on your nose,
it won't hurt you at all, I suppose,
because the sand breaks your fall.
Children's fingers slowly burrowing,
many new things they're discovering,
heaven and nothing at all.

About sand, children do not laugh,
they never do such things by half.

Children simper.
Jesters pardon.
Fools know better.
Infants whimper.
Clever ones go in the garden.

Kindergebetchen

Erstes
Lieber Gott, ich liege
Im Bett. Ich weiß, ich wiege
Seit gestern fünfunddreißig Pfund.
Halte Pa und Ma gesund.

Ich bin ein armes Zwiebelchen,
Nimm mir das nicht übelchen.

Zweites
Lieber Gott, recht gute Nacht,
Ich hab noch schnell Pipi gemacht,
Damit ich von dir träume.
Ich stelle mir den Himmel vor
Wie hinterm Brandenburger Tor
Die Lindenbäume.

Nimm meine Worte freundlich hin,
Weil ich schon so erwachsen bin.

A Child's Prayer

First
Dear God, I'm lying
in bed, and I am crying
because I weigh,
since yesterday
more than a ton.
I love my Dad and Mom.

I am a little worm,
and mean nobody any harm.

Second
Dear God, good night
I've done a poo
and I had to think of you,
It's now quite late
at the Brandenburg Gate
I hope you sleep well too.

I mean everything I say,
I'm getting older every day.

Drittes
Lieber Gott mit Christussohn,
Ach schenk mir doch ein Grammophon.
Ich bin ein ungezognes Kind,
Weil meine Eltern Säufer sind.
Verzeih mir, dass ich gähne.
Beschütze mich in der Not,

Mach meine Eltern noch nicht tot
Und schenk der Oma Zähne.

Third
Oh dear Lord, and Christ your Son,
I would like a gramophone,
my birthday present was forgot,
because my parents drink a lot -
sorry if I'm yawning.
Please protect me in my bed,

and I don't want my parents dead,
so wake them up next morning.

An Berliner Kinder

Was meint ihr wohl, was eure Eltern treiben,
Wenn ihr schlafen gehen müsst?
Und sie angeblich noch Briefe schreiben.
Ich kann's euch sagen: da wird geküsst,
Geraucht, getanzt, gesoffen, gefressen,
Da schleichen verdächtige Gäste herbei.
Da wird jede Stufe der Unzucht durchmessen
Bis zur Papagei-Sodomiterei.
Da wird hasardiert um unsagbare Summen.
Da dampft es von Opium und Kokain.
Da wird gepaart, dass die Schädel brummen.
Ach schweigen wir lieber. - Pfui Spinne, Berlin!

For Berlin Children

What do you think your betters
do, when they send you off to bed,
and say they’re only writing letters.
They're up to other, naughty things instead:
I'll tell you tales of kissing, smoking, dancing,
drinking, feasting, and romancing.
And most suspicious guests slip out and in
performing perverse forms of fornication,
and unimaginable sodomisation.
Wagers are made for enormous sums
and opium, cocaine, and drugs akin
consumed, until their cranium hums.
It's better you don’t know. So *gross* is Berlin.

Unterwasser Bläschen machen

Kinder ein Rätsel! Hört mich an!
Wer es herausbekommt, kriegt Geld! - Wie kann
Man unter Wasser Bläschen machen?
Das müsst ihr versuchen - unbedingt! -
In der Badewanne. Und wenn es gelingt,
Werdet ihr lachen.

Making Bubbles Underwater

Children, here's a riddle for you
with a cash prize for the winner. Who
can make bubbles underwater in the bath?
You must at least have a go,
and if you succeed, Ho Ho,
you'll have a good laugh.

Die Jahreszeiten - The Seasons

Frühling

Die Bäume im Ofen lodern.
Die Vögel locken am Grill.
Die Sonnenschirme vermodern.
Im übrigen ist es still.

Es stecken die Spargel aus Dosen
Die zarten Köpfchen hervor.
Bunt ranken sich künstliche Rosen
In Faschingsgirlanden empor.

Ein Etwas, wie Glockenklingen,
Den Oberkellner bewegt,
Mir tausend Eier zu bringen,
Von Osterstören gelegt.

Ein süßer Duft von Havanna
Verweht in ringelnder Spur.
Ich fühle an meiner Susanna
Erwachende neue Natur.

Es lohnt sich manchmal, zu lieben,
Was kommt, nicht ist oder war.
Ein Frühlingsgedicht, geschrieben
Im kältesten Februar.

Springtime

The logs blaze in the fire
the birds are lured to the grill.
The parasols are mouldy,
but otherwise, it is still.

Asparagus sticks its delicate shoots
out of their tin containers.
Synthetic roses with plastic roots
deck carnival retainers.

Something, a bell perhaps, begs
the waiter, instead of potatoes,
to bring me a thousand eggs
laid by Easter demonstrators.

The sweet whiff of a Havana
drifting in a smoke ring,
reminds me of my Susanna,
and the newly awakening spring.

Sometimes it is worth loving.
whatever comes, new or old.
A verse written for my beloved,
in the icy February cold.

Sommerfrische

Zupf dir ein Wölkchen aus dem Wolkenweiß,
Das durch den sonnigen Himmel schreitet.
Und schmücke den Hut, der dich begleitet,
Mit einem grünen Reis.

Verstecke dich faul in der Fülle der Gräser.
Weil`s wohltut, weil`s frommt.
Und bist du ein Mundharmonikabläser
Und hast eine bei dir, dann spiel, was dir kommt.

Und lass deine Melodien lenken
Von dem freigegebenen Wolkengezupf.
Vergiss dich. Es soll dein Denken
Nicht weiter reichen als ein Grashüpferhupf.

Summer Freshness

Pluck a cloud from the cloudy white
that marches through the sunny sky,
bedeck the hat that you have by
with green rice – that's right.

Hide lazily in the tall grass
because you know it does you good,
play your harmonica with class,
if you have one - which you should.

Let your melodies be guided
by the piece of cloud you keep.
Let thoughts wander undecided
no further than a locust leap.

Herbst

Der Herbst schert hurtig Berg und Tal
Mit kalter Schere ratzekahl.
Der Vogel reist nach warmer Ferne;
Wir alle folgtem ihm so gerne.

Das Laub ist gelb und welk geworden,
Grün blieb nur Fichte noch und Tann'.
Huhu! Schon meldet sich im Norden
Der Winter mit dem Weihnachtsmann.

Autumn

With scything blade, autumn betimes
shears hill and valley both,
while migrant birds seek warmer climes;
we too, prefer the South.

The leaves are yellow, withered, brown,
just spruce and pine stay green,
and winter starts its short countdown,
Christmas will soon be seen.

Lebhafte Winterstrasse

Es gehen Menschen vor mir hin
Und gehen mir vorbei, und keiner
Davon ist so, wie ich es bin.
Es blickt ein jedes so nach seiner
Gegebenen Art in seine Welt.
Wer hat die Menschen so entstellt??
Ich sehe sie getrieben treiben.
Warum sie wohl nie stehenbleiben,
Zu sehen, was nach ihnen sieht?
Warum der Mensch vorm Menschen flieht?
Und eine weiße Weite Schnee
Verdreckt sich unter ihren Füssen.
So viele Menschen. Mir ist weh:
Keinen von ihnen darf ich grüßen.

Lively Winter Street

People go before me,
and others pass me by,
and no one is as I.
Each looks into their world
in their own curious way,
their deformation fills me with dismay.
I watch them drifting.
Why don't they pause to see
what others are thinking?
Why do they from one another flee?
And a white expanse of snow
is soiled under their feet.
So many people. I'm feeling low,
for not a single one can I greet.

Nonsens - Nonsense

Nach dem Gewitter

Der Blitz hat mich getroffen.
Mein stählerner, linker Manschettenknopf
ist weggeschmolzen, und in meinem Kopf
summt es, als wäre ich besoffen.

Der Doktor Berninger äußerte sich
darüber sehr ungezogen:
Das mit dem Summen wär' typisch für mich,
das mit Blitz wär' erlogen.

After the Thunderstorm

I was struck by lightning.
and my left metallic cufflink
has melted, and I think
my brain is humming - frightening.

Doctor Berniger's diagnosis
of my excessive agitation:
The humming is psychosis,
the lightning - my imagination.

Heimatlose

Ich bin fast
gestorben vor Schreck:
in dem Haus, wo ich zu Gast
war, im Versteck,
bewegte sich,
regte sich
plötzlich hinter einem Brett
in einem Kasten neben dem Klosett,
ohne Beinchen,
stumm, fremd und nett
ein Meerschweinchen.
Sah mich bange an,
sah mich lange an,
sann wohl hin
und sann her,
wagte sich
dann heran
und fragte mich:
«Wo ist das Meer?»

Homeless

I almost
died of fright
in the house, where I
spent the night.
Something moved,
shifted audibly,
suddenly,
without a word,
behind a board,
inside a cabinet
near the closet.
Strange, but nice,
a guinea pig
quite big,
looked at me twice
went to and fro
then said, »Hello«
and asked of me,
«Where is the sea»?

Der sächsische Dialekt

Wenn man den sächsischen Dialekt
Ein bisschen dehnt und ein bisschen streckt
Und spricht ihn noch ein bisschen tran'ger;
Dann hält ein jeder für einen Spanier!

The Saxon Dialect

If you attempted to twist and stretch
the curious Saxon dialect,
and conversed in it with suppressed strain,
most people would think you came from Spain!

Aphorismen - Aphorismus

Humor ist der Knopf,
der verhindert,
dass uns der Kragen platzt.

Wer das Licht der Welt erblickt,
wird das Dunkel schon noch kennenlernen

Jeder spinnt auf seine Weise.
Der eine laut, der andere weise.

Auch die größten Vegetarier beißen nicht gern ins Gras.

Bernhardiner ist das letzte, was ich sein möchte. Dauernd die Flasche am Hals, und niemals trinken dürfen!

Sport stärkt Arme, Rumpf und Beine,
Kürzt die öde Zeit
Und er schützt uns durch Vereine,
Vor der Einsamkeit.

Humour is the button
that keeps our collar
from popping.

Those who see the light of day
will get to know the darkness

We are all mad in our own art.
Some of us loud, some of us smart.

Even extreme vegetarians don't like to bite the dust.

The last thing I want to be is a Saint Bernard.
Stuck with a bottle around my neck and never allowed to drink!

Sport cuts short the emptiness
and strengthens arms and legs and torso
and if you join a club, no less,
shields us from loneliness also.

INDEX

Philosophische Denkanstösse - Philosophical Thoughts

Persönlich - Personal

Printed in Poland
by Amazon Fulfillment
Poland Sp. z o.o., Wrocław

46837916R00118